犬《けん》闘《とう》詩《し》

Dogs breathe in the ring.II

芳 水／著

同時代社

序

2018年、詩を主、写真を従とする個展を開きました。飼い犬だった元迷い犬の老犬（2代目ルビー）が詩を体現し、パネルに収まってくれたのですが、残念ながら個展前日に亡くなってしまいました（この詩集にもそのときの詩を収録してあります）。

そして今回、個展と同じタイトルをサブタイトル〝II〟として上梓。

表紙には現飼い犬の3代目るびぃ（老犬豆柴）を抜擢しました。

拙い詩ですが、少しでも共感いただけたら幸いです。

目次

エピローグ

夜に咲き、朝には枯れてしまう
鮮やかな白い花を咲かせる月下美人
たった一夜の夢に何思う
花言葉ははかない恋
肥しとなるのは流した涙の数
月下美人の咲く今夜だけは
僕の元に帰っておいで

渇き

曲がりくねった道
1キロ進むのに
もう汗だらけ
上り坂や下り坂の道
もう息も絶え絶え

それに比べて君たちは…

ボクらはいつだって

競争することに飽き飽きしている
君らはいつだって
敗退することに恐れをなしている
うさぎの君に亀のボク
平和な世界ほど仲よくなれるのは
神のせいかな

弱肉強食
そんな言葉が吐かれるたびに
想いは果てしないジャングルに飛び

目前の巨大なコンクリートの山を仰ぐ

ココロはいつでもカンカン照りで
潤いを求めている
羊水の中の自分を置き去りにして

交差点の上
太陽に向かって
大きくクチを開けた
カラダが欲したあくび
流れた汗がアスファルトを黒く染めていく

宵

鏡の前でワインを飲み続ける
崩落していく自分に酔いしれる
対峙している自分に話しかける

もぅいいかい

鏡の中から聞こえてくる

まぁだだよぉ

洗面器にためた水に
赤ワインと涙が落ちていく
拡散していく赤と
同化していく涙

鮮やかな赤色に
鏡の自分は下ばかり向き
肩をふるわせている
空になりかけのボトル

洗面器の水はあふれんばかり
鏡の君は笑い続けてばかり

ロストシーズン

夕闇の中
落ちて積もった桜の花びら
避けて通った
僕の鼓動が一拍遅れる
風に舞い
命を吹き込まれるのを
願っているのか
枝にしがみつく仲間を見上げながら
さらさらと落ちる桜

地上からは別の仲間からの引力

紅葉した落ち葉
茶色のセミの抜け殻
それを隠すように
桜の花びらが積もっていく
そして今宵
薄く積もりつつある雪の下で
全てが眠りにつく

killing me softly

午前3時に起き出す
飲む、食う、寝る、出す
そのスクエアが崩れたら
自分の存在は定かではない
遠くで聞こえる犬の遠吠えに小さく呼応
真っ赤なワインがクチを伝いあごを濡らす
想いはルーマニアを彷徨い
死ねない生命に終始する
荘厳な静寂のなか

かれこれ1時間
残酷な現実に身悶えする
朝陽は焼き尽くしてはくれない
今すぐ現れておくれ
杭を持った愛する嬢よ
優しく打っておくれ

嘆きの渇き

消えた金の斧
逃げ出した醜いアヒルの子
通り過ぎていった大きな桃
まさかりを忘れた子ども
竹も月もない世界
絶滅してしまった鬼
王様も殿様もいない世界
感情もなくただ動いていくだけの
生産も消費もない

機械じかけのオートメーション世界

始まりのないストーリー
それでもほころびは生まれてくる
口角を下げた瞬間に
幸せの輪は広がっていく

ハンかチョウか
どんな漢字をあてればいいのかもわからない
見返りなんかいらない
ポイントよりも愛が欲しい
当たれば愛が得られるのか
ポイントが愛を引き寄せてくれるとでもいうのか

全身から悩みを消え去るため
カラダを動かし汗ばかり流していた
涙を流しても癒えるのは脳だけ
局部的な解決なんかじゃ追いつかない
全身から汗が流れ続ける
びっしり濡れたＴシャツ

いつ乾くんだろう……

赤月

月夜に響く音色
蚊帳の中から縁側に目を向ける
真っ赤に染まった月
君と出会って何年経つのだろう
果てしない呪縛
見えない糸
目をこらさずにはいられない
深夜と呼ぶには過ぎた時間
いらだたせる秒針を刻む音

隣からはふいごのような音が
徐々に秒針に迫ってくる
ありきたりの世界
もどかしく差し迫った一瞬
全てを拒絶する闇の中で
僕の救世主は
新鮮な卵黄のような不気味な月だけ
神秘な明るさに捧げる思い
ふいに吹き出した風
この風に乗ってあの月まで行けるのか
君死にたもうことなかれ
君の寝息が我が休息の場

つながる

小説、事件、漫画、アニメ…
いろんな情報が流れ込んでくる
インプットされていく日々の情報が
自分の脳の中で目まぐるしく
点から線へと成長を遂げる

おぼろげで断片的なストーリー
支離滅裂なのはわかっている

欠けているピースを吟味して
悦に入る

全てに意味がある理詰めの世界
つながっていく世界

言葉遊びに夢中になる住人

カラダが揺れる
目をつぶる
遊園地の回転木馬に乗っているようだ

電車の中
停車駅はまだまだ先だ

眺める

堕ちることしか興味のなかったあのとき
いつでも狭い路地に座って
下ばかり眺め続けていた
せわしなく動く蟻は
世の中で一番優れた生物だと思っていた

薄闇になって
黄色い月が煌々と輝き出し
チャルメラの音が鳴り出すころ

腰を上げた
あらん限りの蟻を両足で踏みつけた
才能に嫉妬したのか
ギラギラとした死んだ眼は
今も変わらず息づいている

華やかなカクテルドレスを着て
マンションの30階から
ワインを飲みながら
今日も夜景を眺めている
蟻を踏みつける代わりに
私は今日も何かを踏みつけている

下を向いて歩こう

ボクのパズル壊れていく
1つのピース
手にとったそばから
3つに砕け指の間を転がり落ちていった
探しになんて行かなくていい
天だけを仰いでいこう
君との約束
おぼろげながら覚えている
貴重な涙をすぐに落としちゃうなんて

もったいないことなんだよ
自分の温かさをかみしめられること
それが涙の役割なんだ
すぐに軌道修正じゃ能がない
かみしめないといけないんだよ
温かさを
君との約束いつだって守ってきた
でも
今日だけは下を向くよ
僕はピースを探す旅に出る
引き返すことのできない道
しっかり涙を拭きぬぐって
歩き出すよ

数式

君と出会った
放物線の君と漸近線の僕
徐々に仲良くなっていった
理屈っぽい自分と
それでもうまくいっていた
と…思っていた
電話はつながらない
マンションには誰もいない
君が離れて行った

数学でこれを説明できないのか
僕は連日徹夜をし
証明しようと仮説を立て
やっと結論が出た
数学で証明できないものなんてないはずだ
サイン、コサイン、タンジェント
出した角度の導きを吟味した
君の角度を割り出した

産婦人科病院の待合室
僕にお腹をさすられている君
2乗して－（マイナス）になる世界
iの世界が愛おしい終末感
僕は嬉々として研究に没頭していく…

恋愛と数式のある世界で

鏡水

避けなきゃ
避けなきゃ
自分を否定していたくない
でも、肯定したら自分を踏むことになる

しょんぼり顔の大嫌いな自分

大きく映り込んだ
透明な水たまり

指先でパチンと弾いた
歪んだ水面に
二滴の水滴が落ちた

汚濁されていく黄色い長靴
泥はねしながらゆうゆう歩く君

自分を踏み込んだ
いつにも増して歩幅を大きく

僕らの背後には
はぐれ雲ひとつ

フルコース

もう1度振り返り
今日の楽しさを実感する
後戻りできない
もどかしさにちゅうちょする
また会うことのない
この日よさようなら

毎日毎日カウントダウン
涙し疲れ果てた日々

君の無邪気さに
どれほど勇気づけられたことだろう

明日の風はどこから吹いてくる

流されて飛んでいくことも
踏ん張り続けることも
逆風に挑むことも

ありのままに生きていけばいい
君のひとり言が蘇ってきた

驟涙

一歩踏み出すごとに破壊していくカラダ
見えない血液が流れ落ち
肉はどんどん削げ落ちていく
犬のように舌を出しながら
荒い呼吸をし続ける
鉛色の空がかけてくる重力を噛み締めた

地面はもう目と鼻の先だ

皮と骨だけになった自分がショーウインドーに映っている
空洞の眼窩がウインクしている
耳には賛美歌が聞こえ
背後には大きな草刈鎌がまぶしいほどに輝き右に左へと巧みに動いていた

疲弊し消耗したハートが
草刈鎌の動きに連動するように動き出した

曇り一つない刃先が
大きく弧を描いた瞬間に鼓動が早くなった
走馬灯のように思い浮かんだ
嫌悪のメモリー
瞬時にうつ伏せになった
したたかに腹とあごを打った

風圧だけを背中に残した鎌が通り過ぎていった

吐き気をこらえて
仰向けになった
鉛色の空が泣いていた
誰の目もはばかることなく
僕も泣く
全身で
この地球と一体になって

ドーナッツ

キミのため
悲しい顔などしたくなかった
涙を流したところで何も変わらない
つぶらな瞳がうったえていた
息も絶え絶えに巡り始めた思い出
楽しかった
このひと言さえ投げかけられなかった
ぽっかり開いた穴
弱小な僕は

生と死の境界線の興味を無くすほどに
さらにまた弱くなった
「でもそれって優しくなってきたってことの証明なのよ」
訴え続けてきた相棒が頭の中で3回ほえた
必死に生きてきた迷い犬だったオマエ
わずかにせり出した鼻
習慣だったハイタッチ
勇気をもらっていた
やっと虚空に手を持ち上げた
顔をぬぐわぬままに

くるい咲き

「もう一度生まれ変われるなら
キミに生まれ変わりたい」
酔いもせず、高らかに言い放ったキミ
必死な形相のランナーが脇をかすめて行った
キミは腕を絡めながら
鼻を膨らませて笑ったネ
まんざらでもない様子で
ススキの穂が大きく揺れ
オレンジ色の太陽が地平線に沈んだ

キミは立ち止まる
振り返るボク
何かを決したように
背筋を伸ばしボクではない前方を見つめるキミ

腕のぬくもりだけが残った
キミの温かさをはんすうした後
キミが知らない自分を想った
残骸として残る自分を想った

もっと観察して欲しかった
もっとキミを知りたかった

あの一言がボクを蘇らせた
冬眠の季節に

ノーリターン

毎週末通い続けた
明るい食卓に何度癒されただろう
何度励まされただろう

春夏秋冬
散歩のたびに変わる景色に
都会にはない喜びがつまっていた
いつしか椅子が1つ消えた
それでも受け入れられた

そして椅子がなくなった

週末の予定はブランクのまま
ぽっかり空いた空白に
歯を食いしばったキミ
笑顔がどんどん歪んでいく

いつまでも占領し続ける
あのウィークエンド
ホロ苦い汗に肩をゆらせていた
失った笑顔
何度反芻し続けていくのだろう

まぶしい静寂

麻痺する脚
横向きの相手が
スローモーションで目に映る
心地いい気分に包まれる
寝ている者は我１人
１番優雅な我１人
鐘の連打でまぶしく目覚める
下から見上げる巨大なライト

冷え切った汗が
カラダをじわじわ責め立てる

腰かける我の前にひざまずき
シューズを脱がす2人の侍従
耳を赤く染めながら

1番優雅な我1人
静まりかえった控え室
むせび泣くには格好の場所

エレクトリック・サーカス

ココロが踊る深夜すぎ
ネオンまたたくアップタウン
国産ラム酒を何度クチにしただろう
酒酔い以上のコーフンをもたらしてくれる
明日の出し物を考える
今の時代にはない
幸せという気持ちを
考えてみた
エレクトリックな機械のカラダを輝かせながら

シャンデリヤ

朝陽のようなまばゆさ
光のシャワー
四畳半の小汚いこのアパルトメントに
シャンデリヤがよく似合う
小さな卓上テーブルの上に腰かけ
これみよがしに脚を組んでみる
ガウンの裾がまくれあがり
足元に大きく影を落とす
2階の学生カップルがギシギシ始めたら

このまばゆさと心中
今宵はどっちだ
気分は10カウントを控えた拳闘士
ぬるくなったドンペリを手繰り寄せ
ひと口飲んで吐き出した
畳の上の染み
シャンデリヤのシャワー光線が
じわじわと乱反射を続けていく
浸水していく凹凸のすすけた畳相手に

歩いて寝て

歩いて寝た
いつものように始まった
甘い声が聞こえてくる
夢の中でも腕を大きく振って歩いた
君の微笑んだ顔がまぶたに映る
わくわくしながら夢の中に入って行った
目が覚めると違う自分に出遭う
こんにちは
うれしくなってまた歩く

疲れてベッドに入る
一期一会の楽しさに酔いしれ
24時間歩き続ける
24時間寝続ける
君にもう1秒でも長く出会えるなら
ボクは歪んだ時間でさえ漂いたい
1日24時間1秒の世界の住人となりたい

世界の終わり

世界が終わる
あっけなく過ぎ去るだろう
スーツを着て最後の晩餐に出かけよう
番犬の首輪を外し
ドッグフードを皿に盛る
着飾った彼女の背中に
申し訳程度に手を置いた

汗と鼓動と
熱い体温を感じながら車までエスコート

車のヘッドライトに映し出された灰色の壁
無言で眺める2人

エンジン音だけがいらだたしく鳴り続ける

アクセルを踏み込んだ瞬間に
世界の終わりに近づくのだろうか

指輪はまだついている

久しぶりに

あのレストランに行ってみようか
「新世界」の流れるあの店に

ドッグ・ウェイ

四つん這いになってみる
今までと違う視線の自分がいる
愛犬のお尻の臭いを嗅いでみる
部屋にいて
こんな臭いを嗅ぐことに驚愕した
けげんな表情をする犬

ワンワン
下半身を下ろし

上から目線で愛犬に挨拶
動揺して走り去る犬
人生に絶望し
犬生に憧れた自分
思いっきり頭を後ろに反らし
腹の底から遠吠えをしてみる
誰かを求めてやまない自分がいた
ココロが晴れるまで
何度もしてみた
愛犬がすり寄ってきた
笑顔の自分のところに

傾斜色

だらだらと続く坂道
僕は下り
君は上り
雲一つない
真っ青な青空に吸い込まれるように
腕を一つ大きく振った
ゆるぎない自信
真価も進化も問うてみよう

僕は上る
君は下る
僕は見果てぬ凍土に愕然とし
君はこけ蒸した亀の甲羅に想いを馳せる
いつまで続くのか
手と足の動きはリズムを失い
鼓動が早くなる
汗まみれの手の平
咽喉を潤す水はもう尽きた
残っているのは度数の強いリキュールだけ

聖書の一節を声に出し
青々とした芝生に寝転がる自分を夢見た
渇きは速度を増し

僕の上にも
君の上にも
降りかかってくる自分史の戦後

リキュールに手を伸ばしかけたとき
光がひとすじ見えてきた
やつれきった君のウインク

まるでだまし絵のような見えない階段を上がりながら下っていく
ブーケを握って失神している君を抱きかかえながら

来世までのおまじない

才能を過去のどっかに埋めてきたのか
だからこそ優しくできる
君といられる時間はたっぷりある

毒白と愛の言葉ばかりが胸をつく
ロスと言った途端にまさかの
涙がこぼれてきた

保護を求めてきた

病んでる僕らにさえ
平然と
対等に
当然のように
求めてくる握手
パートナーシップ

成功したペットセラピー
書き換えられた人生
恩返しの準備はできている

ハタオリ、桜に花、引っかいてくるネコ退治、軽いつづら、
いぼの除去、煙の出ない玉手箱、甘いお菓子の犬小屋……
そして介護

君の名を呼ぶ
何度目かの仮の名
迷い犬の君
ゆっくり歩を進めてくる

あくびをする君の鼻に熱い涙が垂れる
プルプルと顔を揺らす君
これが君と僕とのおまじない
2度と戻れぬ来世までの約束

プライド

いつまで歌っていくのか
このノドがつぶれない限り
それが自分の使命

いつまで踊っていくのか
この脚が折れない限り
それが自分の宿命

いつまで生きていくのか

希望がなくならない限り
それが自分の誇り

好きだから
そんな泥臭いひと言で
気取った自分はなくなる
使命も宿命も誇りも変わってしまう

それでもキミと話している
手をつないでいる
熱を感じている

ピーカンに吸い込まれていく
高らかな笑い声

いくつもいくつも…

エブリーバーディー

鳥になってみたい
そう君は言っていた
大空を羽ばたく優雅な鳥
君にはピッタリのイメージだった
なのに、高所恐怖症なんだけど…と
ケロリとして言った
飛べない鳥になりたいとも言ったね
うなだれるように小さくうなずきながら
捕食されても構わない

誰かの役に立ちたいから

鳥になりたい君と
全うな人間になりたい僕
捧げる君から何かを奪ってばかりいた
餓死する寸前だった君に
無理矢理羽根をつけた

大空に舞い上がった
太陽がまぶしい
君だけをそっといつまでも
愛おしく感じていたい
そして今
大空から帰還する

優雅に羽ばたく
君をハグしよう
君の震えを吸収するために

ここにはいない

整形したいココロ
君と感じる温度差

自業自得のひとりよがり
掛け違いのボタン
僕らの間には
何台何種類のタイムマシンが存在するのか
読み取れないココロ

タイムマシンを使わずに
記憶にある笑顔の君に逃げ込むのは
こそくな手段なのか

あてどもなく交わらずに
ねじりながら平行していくDNA
君は上昇し
僕は下降を目指す
いつまでも遠ざかっていく

君は未来の僕と
僕は過去の君と政略的に会うのだろうか
はめられたエンゲージリングが

音もなく落ちていた

僕の愛した君はここにはいない
君の愛した僕はここにはいない

つむじ風

たちきれない消耗していく気持ち
落ちていく
どんどんと下降をはじめる
キミへの思いも見えなくなるほどに
重力にのっとられた
肥大した気持ち
抗えぬほど

重い液体が身体を支配していく
キミの声が聞こえてくる
いつもの聞きなれた優しい声
「戻っておいで」

充満した汚水や膿は
わずかずつ排出され
身体はより軽くなってくる

呼応するように
鼓動する肥大したハートに
小さな羽根が生え出した
クリオネのように儚げに力強く

羽ばたいていく
落下を食い止める

それでもわずかずつ
方向転換しながら
つむじ風を避け
つむじ風にのり
少しずつ
上昇を始めていく

桜ブルー

竜巻のように激しく舞い上がる
青色の花びら
胸中に舞い踊る
客観視された世界で
ときおり近づくらせんの様な
平行感覚が僕らの全て
だからこそ
楽しいと思える今がある
違いがわかりあえる今がある

刹那なジレンマ
永久に続かない背徳の罪悪感
平行線だけが
豆の木のようにどんどんと伸びていく

聖書を操る耳障りな音
眠い目をこすれば
スターターの上に置かれた君と僕
ライフル銃の風圧で
僕も君も花びらのように舞い上がった
竜巻の輪の中で上昇して向き合った
痛いほど強くお互いの手を握った

青い桜の花びらに祝福されながら

対立する恋

悪と善
その世界にいる男女がわかりあえたとき
世界は開けていく
恋が始まっていく
アニメや映画のような
甘い非現実に憧れていた自分に
今になって気がついた

お互いを理解しあい

チカラを合わせて
乗り越えることに意味がある
ドラマチックな道だけが
その前に広がっていると思っていた

差別や身分の関係のないワールド

君の善に僕の悪
それで帳消しにはならないよネ

僕の善に君の悪
それで帳消しにはならないよネ

今まで生きてきた僕らの価値観に

完全な優越や善悪もない
基準や閾値って言葉にホンロウされるまま

恋とはなんなのか
愛とはなんなのか
違いさえ知らない
知り得ようともしない
そんな自分に苦笑する

情け容赦なく荒れくるう台風の中
悪の君が帰ってきた
善の僕は絶望しながら玄関の扉を開けた

暴風に吹かれながら
自分も君と同じ世界を見たくなった

全身ズブ濡れで
差し出したタオルを首にかけて
しゃくりあげていた君

恋と愛の違いを知った君

君に渡したタオルはどんな色だったろう

土に埋もれたゴンドラ

これで何周目だろう

黄昏た冬の夜長
止まらない静寂を破る
煙まみれの舌打ち
未来ばかり見ていた自分
してはならない振り返り
過去の自分に苦笑い

セミの鳴き声はどうやって量産されていくのだろう
今ごろ地中深く死への恐怖に震えているのだろうか
まだ見ぬ地上に焦りを感じているのだろうか

煙で肺が充満する
流れ星の光に目がかすみ
願い事などないことに躊躇する
望み事ばかりに夢中だったあのころ
万札を焼いた
わずかな時間で灰と化したあの香りは
焼き場で嗅いだ匂いと似ていた

観覧車に一人きり
最高地点に到達したゴンドラの男女2人から見降ろされている

シニカルな笑顔で応戦
ちっぽけな空中散歩
星よりも近いのは
ガラスに映った自分の顔
シワだらけの顔
最近見ていたのは君の顔ばかり
また過去に逆戻り
独り言でもして耐えざる静寂をつぶそうか
いつ土の中から這い出せるだろう

赤いリード

消えていた
僕の最愛なる友が消えていた

いつでも待っている
この家の護犬
家の全てを知り尽くした主
自分の至らなさを呪った

それでもやっと会うことができた

あばら骨の浮き出たカラダ
カエルのように後ろ脚を這わせ
あちこちに敷いてあるシーツを避けて
フローリングの床に粗相した

一瞬上げた
疲れて痩せた覇気のない顔
カウントダウンを待つその瞳は潤んで揺れていた
その瞳を避けるようにして
同じ方角に顔を向けリードを手にした

ままならない後ろ足
踏ん張ろうと前輪駆動する前足
前傾過ぎて前を見ることさえままならない
電柱にぶつかり揺れる脳

心配よりも覚醒を願った

一緒に助走してきた
いつでも優しい放物線を描いていた
今君とのリードはピーンと張りっぱなしだ

前に進もうとしている
見慣れているジョギングシューズを目指し

重く感じるシューズ
憤りと絶望と葛藤にさいなんだ

僕にとってのシンデレラの君
有無を言わさず連れ去った
一分一秒でも無駄にすまいと…

終の棲家はたぶんここなのだ
この家を君から奪う権利は誰にもない

散歩に出ると見知らぬ何人もの人から
哀愁に満ちた視線と質問攻めにあった

温かい目でいつでも見ていてくれた
感謝の気持ちでいっぱいになった

僕は迷い犬出身の君と同じくらいハングリー精神旺盛なのだ
リードを握り散歩好きだった君を何度も何度も連れだした

対峙して後ろ向きに進む
危なっかしいよろけた足取りで
顔を持ち上げ必死な視線を向けてくる君

大きく撫でホメちぎる

背を向けてUターン

よたよたと夢遊犬のように一本道を戻る
垂れ下がっていた尻尾が持ち上がった

うれしかったのかぃ

僕は何度も何度もホメて同じ土の上を往復した

玄関を通るとヨダレを垂らしエサ皿を覗き込む
催促が始まった

元気になっていた君

おしめを外した
家の周りは結界のように君の匂いがあふれている

終の聖地は守られている
ジョギングシューズを高く上げる
君は顔を高く上げる
君と僕とを結ぶ赤いリードは
放物線を描きながらより大きくたわんでいた

サバイブ

涙をこぼしている
ぽろぽろと
かすれ声で遠吠えを繰り返している

誰が決めたのだ
泣くことが負けなのだと
オレは負けているのか
涙が枯れれば
勝ちということなのか

気持ちがいい
止まらなくてもいい
自分は勝たなくてもいい
負けたままでいい
通信簿なども要らない

北風に刺されながら
涙の温かさを噛み締める
視界がぼやけてわからない
ここはどこだろう
ヒックヒック
胸から湧き上がる
悲しみの副産物が容赦なく襲い掛かる

止まらない
苦しい徒労
泣くことはいけないことだと身体が大げさに警告しているのか
嗚咽の色は何色なのだろう
白色なのだろうか
黒色なのだろうか
泣いていることは
正なのか悪なのか
誰か教えておくれよ

ピリオド

誰が死ぬんだろう
お前なのか俺なのか
遠吠えもしない吠えもしない
おっとりとした犬が近づいてきた
吻を撫でてやると大きく伸びをする
ラジオ体操と油蝉の大合唱が始まる
まぶしい舞台に立った
ボクは半裸冷房の中汗をかいている

おかしなことをしているのか知りたいだけ
ただ知りたいだけ
コーナーでただ1人待っている
望んでなどいない
自分の居場所なんかじゃない
小さなコーナーにうずくまっている
感じたことがない寂しさ
まぶしい舞台にただ1人心が離れていく
飼いならされた貧弱なサーカスの猛獣は
退廃的なこのマットのどこで倒れるのだろう
後ろから聞こえる声

奇形でいびつな魂
斜めにかしずくとスポットライトが瞳を焼き尽くす

腕が縮み出すのと同時に脳が振動を開始する
終わりのないだらだら続く生活にピリオドを打てるのか
静まり返ったマットの上に声が聞こえる
泣いている赤子の声だ
号泣している幼児の声だ
女性の悲鳴だ
いつくるのか
時間が支配する音
除夜の鐘とも学校のチャイムとも教会の鐘の音とも違う
あの生き生きとした乾いた音が鳴るのを待っている
野良犬のようにギラギラとした上目遣いを派手に見せつける
裕福ばかりのこの世から自らはみ出した貧困層のレジスタンス
観客の耳に届くように
ドタバタといつも以上にリングに足を押し付け

首を傾けたままゴングよりも早くボクは相手に向かっていく

グラスに残った赤

グラスに残った赤
艶やかに反射する朝陽
粋な演出
沈殿していくはかない気持ち
最後の一滴

高々とグラスを上げる

横たわっている愛犬

グラスから見つめてくる間延びした顔

弾いた指に痛みが残る
透き通る音に共鳴するココロ
間のびしていくリフレイン
フェイドアウトで浮かび上がる
秒針の想い

窓からは雪をかぶった山並み
目をこらせば青々と茂る新緑
視界から自然が消えるとともに
白い息が顔にかかっていく

立ち止まるタイミングを狙っている時間

動き出すタイミングを狙っている自分
床に立ち背中を向けさせられた柱時計
秒針の音だけを逐一知らせてくる

カウントしていく脳
酔いどれていく脳

貧乏ゆすりが秒針とシンクロし
淡い笑顔を思い出す

しんしんと降りだした細雪
どんどん積もりとじこめられていく

脚の動きが止まった
立ち上がる
音を立てて倒れる椅子
音が消えた

一瞬にして
氷解していくイメージ
宴は終わった
グラスに残った赤とともに

連鎖

ライオンにはらわたをかみ切られても
片足をもがれても
腸がからまって足をとられても
最後まで生きることから逃げようとしない
生き延びるんだ
五体満足で生きようとすることに意味はないんだよ
生をまっとうしようとすることに意味があるんだよ

狩る側よりも狩られる側

草食動物の君

運動神経ゼロ
それでも逃げ通してみせると宣言した

君の笑顔からは
そんな余裕がいつでもみなぎっていた

僕が烈火のごとく怒り
君は劣化のごとく押し黙り
背中を向けた

リノリウムの病室の床に転がった
黄緑色の光

優しいウソ一つ

山海

山の奥から聞こえてくる
海のさざなみ
ウエットスーツを着て山に登る
片手にはサーフボード
君に届ける
プレゼントは
自分が作り出したビッグウェーブ
うねる波音が山間に一瞬こだましました
どこを探しても君はいない

枯らした葉の間から差し込む日の光
サーフボードを下ろした
急斜面を加速して落ちていく
もぅいいよ
大きくこだまする誰かの声が返ってきた

グラム

揺れながら落ちていく
君と僕はどっちが速く落ちていくのだろう
先に落ちていくのが天国か
後に落ちてくのが天国か
天国と地獄どちらがいいのだろう
息苦しい
苦しさは耐え切れない
自分の犯した罪の重さはどれだけあるのだろう
何グラムだ

命は何グラムあるのか
1グラムの涙が湧き出た
地獄に落とせよ僕一人
離した君の手
嗚咽がその上にポトンと落ちた

0点

生はどうやって授かるのだろう
生きていることは罪なのだろうか
幸福を味わったことがない
恋をしたこともない
胸をときめかしたこともない
とりつかれたように空気を吸って
水道水を飲んで米を食べている
騙されることも失恋することもない世界
ニュースでやってる世界情勢にも戦争にも

スポーツにも興味がわかない
自分が真っ当な人間なのか
歪んでしまった人間なのか
誰が判断を下すのか
総理大臣なのか裁判長なのか
卒業した高校、中学、小学校の校長なのか
今日は何点
昨日は何点
明日は何点になるんだろう
どうせならたたき出したい
不安定なこの世界で
フラットライナーな0点をいつまでも

涙の温度

永久はいつだ
なぜ答えを求めるのだ
世界が終わる前にきっと終わる
明日かもしれない

自分は役にたっているのだろうか
役にたとうとしているのだろうか
涙が頬をつたう
何度あるのだ今日の涙は

30度か60度か90度か
何度以上ならこの涙は自分を変えてくれるのだろう
自分は変わりたいのだろうか
変わるスローガンばかりぶちまける社会の構図
それでいて本気で変わらない
変わることを忌み嫌っている
早朝から酒を飲み続け酒臭い涙を流したところで明日は同じ
面倒臭くない明日が待っている
生きることの意義や定義はきっとそこに落ち着く
自己完結はできる
嫌なら手放せばいい
嵐の中
頑張らなくていい
振り返らなくていい

横を見なくてもいい
立ち向かわなくていい
いつまでも涙を流し続けてもいい
きっと泣いているのは
この瞬間
自分だけじゃないのだから

残響

歪んでいるのは僕なのかこの世界なのか
神の領域なんか知るはずもない
この一画の小さな空間に浮かんでいる
そっと見下ろす
ささくれた青い畳
憂鬱になればなるほど
僕の身体はどんどん浮き上がる
天井に背をつけ身体を丸めながら
楽しい夢が見れますようにと願をかけた

朝日が射すとすかさず手と脚を動かす
黴臭い空気をいたずらに拡散していく
いつからこうしているのだろう
いつからこうなってしまったのだろう
いつまでこうしているのだろう
地上に降りたったとき
ニヒルな笑顔を浮かべているのか
泣き叫んでいるのだろうか
暖かい微睡みが恐怖へと転じていく

立ち止まる時

永い夢の途中のようだった
あの場所に行かなければ
こんな気分を味わわなかっただろう
君に会わなければ
こんな気分を味わわなかっただろう
死んでいくために
夢のような現実を見ていくのもいいだろう
人生は暇つぶしだ
ただ生きていくだけ

「いいことばかりはありゃしない」
どっかのシンガーが歌ってた
涙腺をゆるめ
この地と君に別れを告げた
留まる勇気がなかった
都会の喧騒に耐え切れなかった
１人になりたかった
薄汚れた鳩が飛んできた
能面のように表情のない顔
涙がかれた今の僕だ
四つん這いになって
頭を上下に振る覚悟は
今の自分にはあるのか

YES。

毎日毎日
昨日のことだけを思い返す
毎日毎日
手相を見ては昨日と違うのかチェックする
囚われたくない現実がいる
考えつかない未来がいる
乗り切れた昨日にだけ思いを馳せ
今日の安心と幸福を手にする
そうやって自分は生きてきた

昨日にとりつかれている
それだけが唯一の幸せの証なのだから

流儀

泣いている犬がいた
むせび泣いていた
慰めてあげようと近づいた

右の前脚を上げて
器用に目元をふさいでいた
喉元を上下に何度も震わせている
息は荒いが
よだれではないものが

地面に点をつくっている
お前の心は今
何に支配されているんだ
問いかけながら
バカラのグラスに水道水を並々とついだ
動かないように左手で握りしめながら
右手で紙コップにシャンパンを注ぎ口に持っていく
お前と俺には乾杯などいらない
いつものスタイルでいい

泣き止んだ
目やにを取ってやる
尻尾を振って見つめてくる
茶色の天井を見上げた

いつも通りお互い一度だけ
同時に咆吼した

knocking door

茶色のドア
ボクがノブを握り押さない限りは
勝手には開かれない

誰かの訪問を信じて眺め続けた

明日このアパルトメントが取り壊される
今日は仕事が休みだ
何もない白い部屋で

存分に茶色を味わおう
ボクは異国の地でどうなっていくのだろう
引っ越し先のドアは何色なのだろう
茶色のドアの染み一つを見逃さず
前に座った
安ウイスキーのボトルを傾けたのは何度目だろう

アンカー

群れを成していた
誰もが未来ばかりを夢見るようになった
ついに2匹だけになった
大都会
何度呼んでも戻ってこない
君の名前は違っているのか
僕の発音が違っているのか
愛し合っていたことは確かだったのか
叫び続ける

声が聞こえない
誰かを待ち続けている
自分の意志とは無関係に
流され続けるいかだ船のように
保護してくれる船を絶えず探し求めている
大きなアンカーを待ちわびている
声が枯れた
脚が棒立ちになった
このまま朽ちていくのか
居心地のいい路地裏の記憶
暖かな日差し

ロビー

世界を味方につける
ぼうっとした頭
今日夢でみた相棒が傍らにいる
世界的ロビーイスト
僕は軽自動車にいつものように乗り込り
空のままの助手席をいぶかる
土の臭いがする
薄汚れた農作業着には背番号が付けられている
興奮したせいなのかウインカーを出さずに直進した

水まみれの田んぼ
音がした
君に聞かせたい音
ほっとした
僕の感性は僕のままだったのだから

救われないときだけが過ぎていった
さみしさとはこういう感情なのか
声は出せない
愛だ恋だなんてことは
優しさの前では何の効力も発揮しないことに気づいていた
何を求めている
シナリオに沿わない焼きもちが現れた
誰がこんなディーエヌエーを仕組んだのか

いい方なのか悪い方なのか
何かに包まれていく日々を走り抜けていく
君の尻尾はいつまでも下がったまま
天気は曇天のまま
そろそろ黄ばんだてるてる坊主が
首吊り人形へと変わる
家の中でビニール傘をさしてみる
自分だけの防空壕
ファットボーイがそろそろ現れる
ビニールだけが頼りなのか
うごめく生物
しょっぱい涙の下には傘は必要ないのか
ロビーイストよ
目覚めておくれ

黄空

黄色い空の下
僕らは出会った
膨れ上がったごみの上
乗合バスをじっと見つめながら
君と指切りをした

いつかあの丘の向こうまで行こうって

焼けつくような熱さ

鋭利な出来損ないの舗装道を歩く
引きずる裸足から血だけが流れ続ける
喪失するのは肉体なのか精神なのか
判断することも困難なほどに

乗合バスに乗り込んだ
なけなしのお金を運転手に支払った
片道だけの料金
約束を果たすために

貧しくて空腹だろうが
君の笑顔だけあれば
幸せだった

アイミスユー
約束の地で僕は
思いっきり声を出して泣いた
生まれてきてよかったのかよ
飛行機雲がいたるところにできている
黄色い空と白い雲の境界線のその先には
いったい何があるんだよ

逃避の贈り物

仕事は嫌いだ
でも耐えるということを学べる場なんだ
目を細めた
視線が交差した
初めて一緒に吸った
煙草の煙が肺と格闘して
完全に敗北したときのあの顔

なんとか引き出せた苦笑を混じらせて

自分に言い聞かせるように
夢とは違う道を
アイツは歩き出していった

いつ忍耐力を使うんだ
時間は取り戻せない
一秒一秒ごと
忍耐のいらない
便利な未来に社会は近づいていっているはずだ
歯噛みする現実に通用できない忍耐力
俺は夢の道を歩き出した
働くことからの逃避でしかなかったのか

時間が経つたびに大事なモノだけが
目の前からいなくなった
嫌なことから逃げていた自分には
耐えるだけの忍耐力はなくなった
それでも熱い涙だけは
いつでも呼び出せる親友となった
パンドラの箱の中
残っているのはいつでも同じ
あのときと同じ夢を探す能力だけ

バーーーン

自己嫌悪に陥って
自分の脳味噌を存分に痛めつけた
ブレインカット
皺の数が増殖していく

夢の中でさえ居場所のないホームレス
たった1人だけ
暗いトンネルをさ迷い歩くように
迷宮に陥る

変わらない季節
変わっていく伝統

過去を往復できる
夜行バスのオープンチケット2枚
朝日が昇ると同時に
灼熱の炎が奪い取っていく

成長したのかなんて分からない
存在することの意味なんて分からない

ただ今ここにいる
覚醒しない自分がいる

だから何だ

大げさに天を見上げた
美味しそうなわた菓子のような雲
骨がむき出しになった薄汚れたビニ傘ライフルの照準を合わせた
撃ったらあの中に行くのだろう
無人雲
混じりけのない白一色の中に吸い込まれて行くに違いない
そしてどす黒い乱層雲に変わり
大地に恵みの涙をもたらすのか

バーーーーン

一瞬で空海

雲を引きちぎり口に入れながら
ハンモックの余韻に浸る
何度も何度も

空を見上げる
スーツ姿のサラリーマンが
何人も追い越していった

雲が10センチも動いていた
僕はにんまりとしながら
火照ったアスファルトの上で足を組んだ
仰向けになったまま

非常と有事

スコップを突き刺しほじくる
茶色の土と赤錆が融合する
シャリッと音をたてた
いらだたせる音
この音源をメタルテープに録音し
毎日出勤中に聞いていたら
テープより前に
僕のココロが伸びて
使いモノにならなくなる

何が埋まっているんだろう
汗をかき続ける
あと何センチ掘れば
自分の年齢と同じ地層にたどり着けるのか
無心になって汗を流す
これは優劣のないスポーツなのか

玉の汗を流しながら
賞味期限がとうに切れた
非常食の白米をかみしめる

やけどに注意
袋の縁で手を切らないように注意してください

パッケージに書かれた注意書き
声に出して読んだ
両手が熱傷で焼けただれた人は
両指が切断された人は
いったいどう注意しろというんだろう

サバイバルな非日常の有事を
優雅にゆったり過ごせる贅沢な一日

わかっている
理解している
首肯しながら腕を振ることで
宿ってしまった陰鬱の暴走を抑えている

スコップの先が何かにぶち当たった
晴れやかな音
家の庭には何かがある
どんな人が住んでいた時のものだろう
そして明日、何かを埋めてみよう
将来有事に怯える住人のために

ありふれたいつもの場所へ

ペットを飼っていると太る
早食いになって太っていく

がらんとした部屋で
つつましい夕食をゆっくりと始める

君も愛犬もいない部屋で
欲のわかない食べモノをアルコールで流し込む
ひっそりとひんやりとした部屋

君の香水の匂いも
風呂上りのシャンプーの香りも
今となっては遠い過去

こうやって僕はダイエットに成功した
望まない減量

扉がきしむ音がした
愛犬も君も
げっそり驚くほどに痩せていた

こんなちっぽけな自分が
こんなにも影響を与えることができるのか

愛犬の名を呼ぶ
毛を逆立て目には警戒心が浮かんでいた
数年親しんだパートナーが一瞬にして
自分を拒絶している
傍らでは泣いている君

少し距離をおいて
聞き取りにくい枯らした声で
ノドを反らし遠吠える犬
僕は茶碗を見つめながら
塩味の効いたふやけたご飯をかき込んでいく
いつまでも止まらせたくない箸
愛犬からいつまでも注目され続けていたい
僕の体重は元に戻りそうだ

詩掌編

ハートを突き刺す弾丸の角砂糖
目の前に2つ
挿入するコルトも置かれている

息を詰めた僕と君
まばたきの後には笑いしかなかった
君は1つの角砂糖を取ると
即座に飲み込んだ

大笑いしながら
僕にコルトを手渡した
残った角砂糖をひと舐めしてから
装着して安全装置を外す

僕は躊躇なく
君に照準を合わせる
目をつむる君
取りつけたサイレンサーの先から
弾は君に襲いかかる

くずれ落ちる君
ほっとした自分

数時間後再生した君は
いつもと変わらぬ表情と鼻歌を奏でながら
キッチンに立つ
2つの命を宿して

やたら無闇

暗闇の中
自分の居場所もわからないほど
冷や汗を蒸発させてくれるほどの
生ぬるい風に吹かれながら
しゃがみ込んだ

無音の世界
何かが頭の中で鳴り始めた
錯覚とは何だろう

底なし沼
蟻じごく
目をつぶりながら
下降していく感覚に襲われた
ゆっくりとそれでも確実に
心地よい浮遊感と重力に包まれながら

3分か、1時間か
時の支配から解放されて
全ての無に一瞬にして飲み込まれた

一歩踏み出したら

肩と肩がぶつかりそうな雑踏
その場で足踏みしても
消えていく足音
たぐりよせる足音の記憶
喜怒哀楽

うつろいやすい
うつろな自己
休み過ぎて萎縮していく脳
カウントダウンはいくつからだ
千の次はいくつだったろう

自問自答しながら
それでもたどりついた1

次に続くのは何だったのだろう
ピンポン玉になった脳が頭の中を
無限に乱反射していく

ゼロなのかレイなのか
0なのか無なのか
どれが先なのか
細胞分裂を繰り返し頭の中をはじけ飛ぶ脳

叫び出した瞬間にすべての闇は切り裂かれた
いつもの星が
僕を見降ろしていた

見えない夢

ムスクの匂いにむせた十代
今ではなれたあの匂い
いつでも咥えてた
ちっぽけな夢
夢の中の魔法が毎日同じ夢を見せ続けた
笑いながら起き出した
いつもの四時ちょうど
まぶしい
ギラギラと輝き出している月明り

スワイプしていくスマホの月
表情はおだやか
昨日と変わっていない
変わっていたら自分を粛清し
夢を取り上げることだろう
夜勤中の彼女からのモーニングコール
いつものロードワークタイムだ

焦がして

自分の姿などとうの昔に忘れた
偶像崇拝禁止
自分は偶像なのか生きモノなのか
それでも心のどこかであがめているのか

おやすみも言わず
爆眠していた
心が起きだした

逢えてよかったのか
逢わない方がよかったのか

ガンジス川に浮かんでいる僕の肉体
それを見下ろす心

心の中、雨が降っていた
もっともっと降ってくれ

決壊する心
ただできるのは流すだけなんて
無力な涙
いつまでも心焦がしていたいはずなのに

笑末

雨上がり
世界の終わりに気づかずに
僕らはビーチをひたすら歩く
ごつごつとした岩場に波が弾け砕けていく
途方にくれるメローイエローな満月
サンダルに濁水が
押し寄せた
下なんか向くものか
君の笑顔に

横を向く僕の思考が
あらぬ方に向かっていく
チョークのような白さの花の中
黄色い口の実が
笑うように僕に語り掛ける
しわがれた波の音
壊れそうな三ヶ月に
僕は破顔した
ここで世界が終わったとしても
この瞬間に世界が壊れていたとしても…
笑うことしか僕らにはできない

終わらない次元

いくつもの小宇宙
僕の中にきっとあるに違いない
並行していく時間
ねじれている時間
タイムマシンでは追いついていけない世界
笑った瞬間に別の自分は号泣している
全てが自分なのだろう
時は交差しない
涙の自分を

救ってやれない小さな存在
いろんな自分を収容する
君という存在
泣いてる僕を慰めている君
泣いてる君と泣いている自分
怒っている自分に背を向け遠ざかる君
怒っている君を抱きしめる自分
何通りあるのだろうか
未来は
きっと収束している
どんなに最悪のストーリーでさえも
お互いがお互いのひさしとなるのだから

ブルース

青空の下でほほ笑んだ
みんなでぶつける笑顔の先には
大きな笑いが待っていた

トタンを叩く水滴
吸い込まれていく放射能の小池に

自然が奏でるブルースに心酔して
被爆するココロは和らぎ

安らぎを得た

傘をさしながら雨乞いをする
憂鬱な顔を見せて行き過ぎる人々
拒絶されている
ブルースが大きく鳴る

青空の中スコール
逆てるてる坊主が揺れている

ロートの方程式

人は弱い
ココロの中をのぞけないのに
なぜこんな言葉を発せるのだ
自分は強い
ココロの中をのぞけるのに
なぜこんな言葉を発せるのだ
粋がりたいのか生きがりたいのか

その答えを探し歩いていた

「人は弱い」
ギラギラ光る太陽に向かって顔を上げて叫んだ
「自分は強い」
吸い殻まみれのアスファルトに向けて叫ぶのと自分はどちらを応援できるのだろう

半笑いのまま地面を蹴った

見えないラグビーボールが流線形の軌道をたどる逆2次関数のグラフ
すべてを垂れ流す逆漏斗
みんなにわけ与えるモノは何

悩みをとく解の証明を求めている

赤道直下で雪が見られるくらい求めている
求めていく

風鈴

君の風鈴になりたかった

痛いほどに鳴り響く
台風の中
風鈴が

警告が自分の神経をとがらせる

鳴り響く度に

平凡の中に湧きあがった不安
スリッパを蹴飛ばして
寝顔を確認しに行く
寝たきりの君
消え入りそうな寝息を聞きに
寝室に走った

玄関をあけた
吹き込んでくる風
ちっぽけな自分を舞い上げた
稚拙なリズムを奏でる騒音
緊急を知らせている

君の風鈴が僕の使命だ

卒業詩

君に捧げた詩を受け取りに来た
昔、詠んだ詩は
今の自分にはない感性だったのか
昔の君の感性をくるわせるほどだったのか

今さえ楽しければいい
昔のことなんかどうだっていい
心をゆさぶられた
君の嫌いだった「卒業」という映画の結末

泣いていたのは自分だけだった

奪われていく君を
遠い目でずっと見つめ
うすら笑いを浮かべていく
解放された思いと
見放された思いと
自分のプライドと
君のプライドと
天秤にのせることすらせずに
ただアルコールの酔いに任せている
君に贈った詩
1字1句違わない詩を返しておくれ
あのときの気持ちのこもったまま

ベッドで寝ている君

僕は君の強奪に成功したのか
それとも失敗したのか

大和言葉は一字一句純粋
気持ちはいつだって不純のまま
届かない何か
それでも君に捧げ続けるしかない
遺され続ける卒業詩

NINE

支配されてきた
見えないモノから
圧力を受けつづけている
ボクの憲法にはなんと書いてあるのだろう

なんの手がかりもない
手立ても解決法も

毎夜夢に現われる肉親は

何十年も前のセリフを何事もなかったかのように繰り返し言う
その言葉に内心毒づきながら
笑顔で手を振り家を出る
灼熱の太陽に照らされ
振り返ればあったハズの家がない
前には一本の道
その両脇には
プラカードを持った老人たちの列
居心地の悪いつくり笑い
駆け出した途端に
黒目が白目に変わった老人たちが
脱兎のごとく追いかけてくる
何十キロも続く長い道

法の支配から逃れるにはどうするんだ
オレンジ色の太陽の隣には真っ白な月
竜巻が生温かい疾風とともに通り過ぎていった

自分を守るとは
どんな音がするのか
どんな匂いがするのか
どんな味がするのか

目がさめて歯を磨きながら
自分を守るために戦うことの意義について
想いを馳せた

後ろに行けない道

結論も出せないまま
ただ恐怖のため駆け出した
気づけば
同じ道を回り続ける自分

グッモーニン

前足を2本上げて遠吠える君
ハシャぎだす自分
まるで手下のように
小型犬のように
君の周りをぐるぐるとサークリング

あわただしい朝

僕の出勤前の笑みは増すばかり

君の朝食前の真剣さは増すばかり

仲間を呼んで僕を襲おうとでもいうのかい
えさの袋を持った瞬間に
追い打ちをかけるような遠吠え

仲間にえさを取られてもいいのかい
大勢のギャラリーを募って
その前で豪快に食べたいのかい

遠吠えたそばから
ふんを左右に振る
ヨダレが飛び散る

君は賢いけれどリーダーにはならない

食いしん坊で食欲旺盛
人が大好き
過酷な野生暮らしを経験した
天然キャラなおばあ様だから……

キッス

全身から出たがる言葉
意味があるのか

言葉の魂を解放してやる
僕の内面で熟成されるのがイヤなのか
早く出たがる言の葉

アナーキズムな子守歌も
ありきたりな愛の歌も歌ってあげよう

君のココロに入っていくまで
愛情のバロメーターが上がるかなんて
聞かないでおくれ
君の寝顔から自分を知る
それが自分の存在なのだから
悪夢で苦しい夜は
僕も一緒に戦ってアゲるよ
君がもう一度
言葉のキッスで目覚めるまでは

白と黒のメロディー

青空の下
解放された
交差点の真ん中で足が止まる
見えない車が何度も何度も自分をひいていく
クラクションの度重なる音が
転調を繰り返し
不気味で優しい鎮魂歌となって
伝わってくる

悲しみの連鎖に
さまよう魂が叫び声をあげる

雲がすべて溶け込んだ
真っ白の空が何の要求もなく見降ろしてくる
見返りのいらない空になす術もなく
呆けたように見返しているだけで
脳の働きが鮮明になっていった

カラスの鳴き声のような雷を合図に
真っ黒の雪が降りだした
白いTシャツの上に降り積もる粉雪

白の空と黒の地

徐々に発熱しているカラダ
おおい尽くす雪を溶かし出した
ぼんやりと見えてくる風景

薄墨の信号機
水墨画の世界
混沌とした風流な異界
七色のプリズムがこの世界をさえぎっていった

食堂　告知

晴天の下、店が閉まっている
立往生している自分
わずかに聞き取れる島の歌
扉の中央に貼られたチラシをはぎ取り
いつものように扉を開けたら
どんな空間が待っているのだろう
料理を提供している老人
お金を受け取る老人
だれもいない空間

僕の脳内は混乱していく
閉店を知らせる休業中のお店の前で
1人で行列をつくる
チラシのすきまに感謝の言葉を書きながら

遠くはぐれた暦

ひさしから落ちてくる雨のしずく
ジンを傾ける
人を思うときに飲む酒だと教わった
仁という人物から
毎日雨になるとジンばかり飲んでいた
ボルスジュネバという銘柄
だから今日
飲めない君の代わりに陶器に入ったジンを飲んでいる

まどろみの中に
嫌味なほどのリズム
伸びきったリズムと弱々しい音
すさみきったココロが
大笑いしようとしている
汗で濡れた白のタンクトップからは
ジンとは違う
ジャコウジカのムスクの香りが漂ってくる

黒いネクタイをそっとショットグラスにつけた

短い一年の計を復唱する
正月、節分、バレンタイン、クリスマス、年末
せわしなく動いている時計

電池を抜きさえすれば
永久に時間を支配できるのに

今にも動いていきそうな水墨画
見飽きた襖の風景画
右目を閉じる
左目を閉じる

メリークリスマス、ミス乙姫

自分の中に埋もれた季節を取り戻せるのはいつのことだろう
雨が雪に変わったら
町にカレンダーを買いに行こう
去年のぶんも今年のぶんも

再来年のぶんまで買い占めだ
立ち上がった
両手に持った2つのグラスで口をふさがれたまま

底—ソウル—

大きく踏み出し
砂浜を蹴ったその一瞬に
喜びも悲しみも
波のさざなみとともに
流されていった
死体など拒絶するほどの
青くさい海に

どこまで漂流していくのだろう

縮んだ魂が上の空

僕は脱いだ靴をそっと振った
チャプチャプとした波音
喜びも悲しみも戻ってこなかった

脳の中で君の声を反芻する
ページをひたすらめくる
理想と現実のはざまで
メトロノームのように
僕は揺れていく
ときおり波間に溺れて
自分らしくない覚醒に陥る

脳から入る言葉と目から入ってくる言葉が
シンクロしていく
君が朗読している本を
僕が黙読していくように
君のスピードにつられて
僕の目視も速くなる

縦横無尽に言霊が飛び交い
いつしか思考回路は停止し
浮き輪の中で
前後左右に揺れるカラダ
それでも蹴り出していく両脚
砂浜ですり減っていく靴底

高さの違う2つのソール
僕は今日も靴底をけずる
少しだけ何かを追いながら

顔

白い光が差し込む
両手をあげて目を細める
通過していく朝の行事
何万日の明るさを体感したことだろう

洗面台の鏡に向かう
普段とは違うむくんだ顔の自分に挨拶
今日みた夢を吐き出せないもどかしさ

大きく吸った新呼吸
最近目覚めた空気の味
タバコの前にもうひと息大きく吸ってみる
吸い慣れたこの家のニオイも全部
器官が吸収して咀嚼をはじめる

鏡の自分といつまでも対峙する幸せな時間
置いてきた無意識下の時間
24時間後の顔はどんなだろう

ステップ

最終列車に乗り込んだ今日
流れついた昨日
晴れ渡る涙
どんよりとした青空
いつ会える
甘い自由の誘惑

逆方向の始発電車に乗った君
予定通りこの星の裏側で会うのか

恥じらい芽生えた心に宿る
遠い雷鳴

笑顔と涙
貼りつけたまま
にじんでいく太陽と
落ちていく月が
さようなら
こんにちは

カチカチと時を刻んでいく砂時計

潜り続けていく夢の中
呼吸も忘れさらに深く

君に会いに行く
うなだれる時間を蹴散らかし

聞こえてくる鼓動
浮遊感に引きずり込まれ
一瞬だけの現実を繰り返し見た

大切なものは何なのか
考えださねばならない傷
とっさに出てこないもどかしさ
かっこつけることの優越さ

客観的な考えに
踊らされたい自分

キザを気取って踏み出す一歩
脳細胞が破たんした
君の名前が水泡となって消える

それでも歩き出す
後ろに歩き出したっていい
歩き出すことからすべてが始まる
君もきっと同じはず

エンジェル

保護犬になったあのときから
天使になることを願っていた
少しだけ
鮮やかな色
人間には見えない
翼を待っていた

みんなが寝静まったあと

聞こえてくるのは
盗み出した
遠吠え
そっと吻をあげる

ノドを反らす
声は出ない
それでも何度も何度もノドを反らす
誰かに届きますようにと

願う

右手に握った2個のサイコロ
左手の茶碗に投げ入れ
目をつぶる
ガタンという音とともに
ネクタイを結ぶ
テーブルの上には
さかさまの茶碗
「今日は6と6だった」
昼過ぎのメール

サイコロは開運同目2個6セット
違う目は出ない
待っているのか
それとも……
明日もまた茶碗に放るのだろう

どんな星が出ていても
驚かない
輝きはながれ瞬く
願いなどあり得ない
今日も物干し台に上がった
さかさまの椀の中に入り込んだ
放心状態のダイス
そっと動かずにいる

じっと動かずにいる
病院の君へ

今はただ
査問されている
色褪せているこの世界から
君に心を開けてもらいたいだけ

ハンディーキャップ

ゆっくりと息を吐く
結界がはられた音のしない時間
今日なのか明日なのか、夜なのか朝なのか判別しない時間

酔っている

隣から聞こえてくる犬の寝息

いつまで続いてくれるのかわからない

僕はエサと散歩を任された友だちだと思っている

室内で尻尾を下げる
ゆううつになる自分がいる

外での散歩では左右に揺れるくらい高々と尻尾を上げているのに
僕に尻尾があったなら外であれほど立派に立てていられるのか自信がない

片目が白濁している隻眼の女王

その片目に瞼越し
僕は飛び切り明るい声をかけ続けた

寝ている君を起こさないように
朝の散歩は確実に寝不足だ
君の歩く速度へのハンデでどうだ
鈴虫と蝉が一斉に泣き始める
君を見つめる
杯は止まらない

リピート

君に会うよりもずっと前に出遭った大好きな映画
恋愛卑下のヒーローモノ

矛盾なんて探したくないほどに
理想だけが独り歩きしている

何十年ぶりに見返した
僕のシワも涙腺も元のままに戻った
明晰な頭脳

タイムマシンに乗った
現実には救えなかった
傍らにいたヒロイン
あの映画のように自分がフェイドアウトするべきだったのか
僕はゆっくりと動画を巻き戻した

ヒーローの資格

ヒーローはすべての人の味方
右派であろうが左派であろうが
どんな人間も助けるのが信条

そのヒーローのパズル
最後に残ったピース
何度やってもはまらない
泣き叫んでいく

鼓動が高まる
誰もいない部屋
いつまで探し続ければいいのだろう

パズルに合うピースはいやだ
ピースに合うパズルはいやだ
ボクに合うパズルも
ボクに合うピースもいやだ
ヒーローをやっていく資格なんてあるのだろうか

タイムゴーズバイ

いびつな時が頭にすみつき
うるさいほどの記憶を叩きつけてくる
支配されていくうねりにおびえていく
脅迫の瞬間

首のロサリオが重くのしかかる
どんどんと
どんどんと

斬首台の上で四つん這いになっていく
誰の記憶だ

やすらかな時よ
そよ風のような時よ
受け入れる準備はとうに過ぎた

それなのに誰もいない
執行までの時が進まない

時計の秒針はいつからだろう
止まり続けていた

吐き気を催す都会のネオン

二度と見ることのない景色が眼下に広がる
何分経ったのだろう
温くなったビールをロサリオにぶちまけた

海外のボクサーのように
片膝をついて十字を素早く切った
満月の下

自分は何を探して吠えているのだろう

ヘヴン

泥にまみれ車の下でのの字を描いていた
あの成犬も今では
愛すべき老犬

時間の脅迫もなく
生きることにリードされることもなく
与えられるまま
陳腐な言葉さえ思いつかせないほど
覚醒し続けた毎日

義務から始まる君との出会い
向き合わなくてはいけない困難な道のり

未来という次元など存在し得ない
あるのは
明日、せいぜい明後日…
身近な概念だけ

進化なのか退化なのか判断もつかない
それでも毎日毎日その曖昧な概念が
両極端に
確実に正確に同時に拡散していく

君が違う世界に飛び立つなら
僕も同じ地にいつか行こう
賢い君が番犬になるあの地へ招待しておくれ
愛らしい顔が3つのケルベロス
食費がかさみそうだ

それでもいい
君の好きなパンをいっぱい持って行くよ
君と一緒なら地獄だって悪くない

時を憎んで

タイムマシーンに乗れるなら
亡き愛犬に会いたい
同じ名前を継いだ
愛犬同士を引き会わせてみたい
性格はみんな一緒
驚くほどだ
一緒の名前
同時に呼ぶ
右手と左手に

同時に感じる温かな舌の感触
同じ名前を継いだ
君たちからの

シキタリ

見えない何かに両手を縛られ
僕は世界の終わりに行く
最後通告
星は瞬いた
亡き君の涙焼けと
朝から拭っていない僕の涙焼け
あまりに遅い時の流れ
愛犬の肉球に頬を打たれた
冷たさと柔らかさを思い出す

あの世でなら
何度も出逢えるはず

僕は広いスイートルームの
狭いトイレに閉じこもって頭を抱える
ここの気圧は何ヘクトパスカルなのか
閉所恐怖が襲ってきたのか
高所恐怖が襲ってきたのか
長屋の狭い土間
戻っていきたい

一瞬だけ自分の声が聞こえた
かすれた呻き声のような音
夜景なんか眺めない

僕はこの狭いトイレから
どこへも行けない
後ろ手に縛られたまま

セラピー

刻一刻と君の寿命がつきていく
子どものように接していた君はいつの間にか17歳

君から教えられたこと

・何もしない
・自然体
・こだわらない
・振り回されない

・気合いを入れない
・無理にしない
・生かされている
・生きているのは神様のわがまま
・生きていることに意味はない
・生きていることを長く考えない
・生きていることは退屈しのぎ
・一瞬一瞬楽しく感謝
・やりたければやればいい
・なるべくYES
・何かにとりつかれてはいけない
・わかってもらおうとしたらいけない
・楽しくおだやかにいこうぜぃ

君に教えたこと

・お座り
・お手
・待て

君は優秀なプロフェッサー人間セラピスト
一つもしようとしない

じっと見つめてくる瞳
「ありがとね」
神々しい上から目線の言霊を
ときおり愛犬から頂戴している

ゾンビの涙

死んだ
明らかに死んでいた
自殺と呼べるのだろうか
ぷかぷかと浮かぶ羊水の中
死刑台へと流れついた
自ら絡めた臍の緒で
息を止めた
沈みもせず
そっと目だけ閉じた

キツネと狸

じゃんけんのように
君の中の一人格が消え
僕の中の一人格も消えた
喧嘩をする度にお互い人格が消える
同じ多重人格者だから
最後の一人格になったとき
本気を出すのだろう
去るのは君なのか僕なのか
この世の中なのか

わからない
まだまだ退屈だ
もっともっとだまし合おう
本気の君はどんな君
本気の僕はどんな僕

フォローミー

僕は反対方向を歩いて行く
いつでもリードはピーンと張ったまま
手にはリードが何重にも巻かれている
地面に横倒れになり
普段は見せない不快感を100倍表している
拒否権発動中
今日の食事に毒を混ぜてやるか
一人と一匹
この世界で2生物

僕のしたり顔に君のしたり顔
それでも
僕は君より長く生きる計算になる
ドッグフードへの毒は
少な目にしよう
その分、僕への毒は多めでもいいんだよ
君へのリードは
僕の宝物
暴風雪の激しい朝の散歩も
一緒に溺れよう
続いてくれるよな
なあ老犬よ

疾走

足りない
歪んでいる

できない
わからない

かたかたとした音
パソコンのキーボードがいろんな形の記号を弾いていく

ココロここにあらず

吐き出される何気ない言葉
予想のしない言葉をどんどん紡いでいく

涙がキーボードの上に垂れていく

悲しみに征服されていく

言葉は思いを伝えてくれるのか
言魂となって君に届くのか

吻を撫ぜたときに見せた一瞬の驚きの顔
気持ちよさげないつもの顔を取り戻せた

安堵した
気づかなきゃいけないハズだったのに…

元気なギャロップを見せておくれ
君と走った日々を忘れない
もう一度走れる日を夢見てる

カタカタと鳴るキーボード
君の足音を奏でているよ
早く帰っておいで

空き缶

遠吠えに
自分の魂が揺れていく
君がいない
体が左右に揺れていく
現実とはなんだ
仮想とはなんだ
日常とはなんだ
君にもらった眼鏡を外す
目の前に映る世界

それが全てだというのか
ひっそりとしたフロアに
上を見続けながら舌を出す犬
取り出したリード
尻尾が持ち上がり左右に激しく揺れ出す
漢らしくない嫌悪感
空き缶のような日常
冴えない世界が裏切り出す
眼鏡を踏みつけた
塹壕から出た世界
いつまでふりかかる
ラッパのような長い遠吠えを合図にして
見飽きた彩に震えていく

生月

電灯のような明るい月
砂浜に立った
いつから海を見なくなったのか
毎日僕はあの黄色い物体を見ながら
過ごしてきた
何を食べて生きているの
三日月に問いかけたこともある
お腹いっぱいなの
ウサギ飼ってるの

満月に笑いかけたこともある
生物なんだと思っていた
初めて習った〝月〟という言葉
何度も何度も砂浜に書いた
僕のために
輝いてくれている
小さな窓のレモン色のカーテンを
引きながら
いつか出会う君にほほ笑みながら

A
A
12

やっぱり今夜もボトルに手が伸びる
こんな寒い明け方
吐く息も白い
涙はまだ熱い

また始まっていく
同じ一日が
いつまで続くのやら
振り出しなんて
もうどこにも見つからない
サイは振られない
ほこりをかぶったまま

プロローグ

夢から逃げ出し
恋に疲れ果て
自分にさえ興味を失くしたあのころ
何もやる気が起きず
ひねくれてた俺
目を覚ませばいつも暗く
疎外感が身にしみた
このひげが邪魔して外にも出れず
見飽きた茶色のドア

また始まっていく
同じ一日が
いつまで続くのやら
振り出しなんて
もうどこにも見つからない
サイは振られない
ほこりをかぶったまま

「生きるって、いったい何なんだ？」
聞こえるのは懸命な猫の歌声だけ
この狭い部屋から広い草原へ

著者略歴

芳　水（はみず）

かませ犬。グリーン ザ･モンスター 老ボーイ。慣れないサラリーマン生活から卒業する口実に選んだのが、無謀なるも職業拳闘士。しかし、すぐに試合にもなじめないことに気がついた。

それでも練習だけは続けていた。

スパーリングの話が段々と舞い込むようになり、相手をチア（鼓舞）することに楽しさを見出すようになった。

スパーリングパートナーとなったＫ君のリング禍を機に、殴り合うリングから遠ざかる。

戦績：２敗２勝
その後、実直で素直な犬との触れ合いにはまり、犬道詩（けんとうし）転じて犬闘詩を書き始める。

るびい（表紙を飾った愛犬）

かまない犬。職業犬引退の老豆柴犬。メンタル弱しのオス。特に音にびびりで、屋根裏のネズミの動く音、豪雨、強風、雷、拍子木の音に弱く、電車の踏切は渡れない。

家では口を大きく開け、背中を畳にこすりつけてワンツー・カーフキックのロックンロールダンスを思い出したかのごとく披露。屋外ではおしっこ後、前脚後ろ脚を時間差で動かし、地面と肉球の摩擦の感触を楽しんでいるかのごとく、通称シャッシャを欠かさない。ごはんを食べ終えた後はたらふく水を飲んで、銀色のエサ入れを再度舌で舐め洗ってくれる、お坊さんのような孝行犬でもある。

散歩中、小型洋犬に吠えられても無視だが、何倍もの大きさ、重量のある大型犬との初対面の際、向こうから吠えられた場合は、吠え返す勇気は持っている。ただし翌日の便は軟らかい。

犬闘詩《けんとうし》　Dogs breathe in the ring. II

2023年8月30日　初版第1刷発行

著　者　芳　水
発行者　川上　隆
発行所　株式会社同時代社
〒101-0065　東京都千代田区西神田2-7-6
電話 03(3261)3149　FAX 03(3261)3237
組　版　有限会社閏月社
装　幀　エムイー
印　刷　精文堂印刷株式会社

ISBN978-4-88683-949-7